꼴찌에게 보내는 갈채

어르신 이야기책 _206 중간글

꼴찌에게 보내는 갈채

초판 1쇄 발행일 2018년 3월 9일

지은이 박완서
그린이 김영희
펴낸이 이원중

펴낸곳 지성사 출판등록일 1993년 12월 9일 등록번호 제10-916호
주소 (03408) 서울시 은평구 진흥로1길 4(역촌동 42-13) 2층
전화 (02) 335-5494 팩스 (02) 335-5496
홈페이지 지성사.한국 | www.jisungsa.co.kr 이메일 jisungsa@hanmail.net



ISBN 978-89-7889-366-4 (04810)
978-89-7889-349-7 (세트)

잘못된 책은 바꾸어 드립니다. 책값은 뒤표지에 있습니다.

이 도서의 국립중앙도서관 출판예정도서목록(CIP)은 서지정보유통지원시스템 홈페이지(http://seoji.nl.go.kr)와 국가자료공동목록시스템(http://www.nl.go.kr/kolisnet)에서 이용하실 수 있습니다. (CIP제어번호: CIP2018006007)

어르신 이야기책 _206 중간글

# 꼴찌에게 보내는 갈채

박완서 글 · 김영희 그림

지성사

## 신나는 일 좀 있었으면

가끔 별난 충동을 느낄 때가 있다.
목청껏 소리를 지르고
손뼉을 치고 싶은 충동 같은 것 말이다.

마음속 깊숙이 잠재한 환호에의 갈망 같은 게
이런 충동을 느끼게 하는지도 모르겠다.

그러나 요샌 좀처럼 이런 갈망을 풀 기회가 없다.
환호가 아니라도 좋으니
속이 후련하게 박장대소라도 할 기회나마 거의 없다.

의례적인 미소 아니면 조소, 냉소, 고소가 고작이다.
이러다가 얼굴 모양까지 얄궂게 일그러질 것 같아
겁이 난다.

환호하고픈 갈망을 가장 속 시원히 풀 수 있는 기회는 뭐니 뭐니 해도 잘 싸우는 운동경기를 볼 때가 아닌가 싶다.

특히 국제경기에서 우리 편이 이기는 걸 TV를 통해서나마 볼 때면 그렇게 신이 날 수가 없다.

그러나 곰곰이 생각해보니 그런 일로 신이 나서
마음껏 환성을 지를 수 있었던 기억도 아득하다.

아마 박신자 선수가 한창 스타 플레이어였을 적,
여자 농구를 볼 때면 그렇게 신이 났고,
그렇게 즐거웠고,
다 보고 나선 그렇게 속이 후련했던 것 같다.

0
13
15

요즈음은 내가 그 방면에 무관심해져서
모르고 있는지는 모르지만
그때처럼 우리를 흥분시키고 자랑스럽게 해주는
국제경기도 없는 것 같다.

지는 것까지는 또 좋은데 지고 나서 구정물 같은 후문에
귀를 적셔야 하는 고역까지 겪다 보면
운동경기에 대한 순수한 애정마저 식게 된다.

이렇게 점점 파인 플레이가 귀해지는 건
비단 운동경기 분야뿐일까.

사람이 살면서 부딪치는 타인과의 각종 경쟁,
심지어는 의견의 차이에서 오는 사소한 언쟁에서까지
그 다툼의 당당함, 깨끗함, 아름다움이
점점 사라져가는 느낌이다.

그래서 아무리 눈에 불을 밝히고 찾아도
내부에 가둔 환호와 갈채에의 충동을 발산할
고장을 못 찾는지도 모르겠다.

## 뭐 마라톤?

요전에 시내에 나갔다가 집으로 돌아올 때의 일이다.
집을 다 와서 버스가 정류장 못 미쳐 서서
도무지 움직이지를 않았다.

고장인가 했더니 그게 아닌 모양이었다.
앞에도 여러 대의 버스가 밀려 있었고
버스뿐 아니라 모든 차량이 땅에 붙어버린 듯이
꼼짝을 못 하고 있었다.

나는 그날 아침부터 괜히 걷잡을 수 없이 우울해 있었다. 그래서 버스가 정거장도 아닌데 서 있다는 사실을 참을 수가 없었다.

"언제까지 이러고 있을 거요?"

나는 부끄럽게도 안내양에게 짜증을 부렸다. 마치 이 보잘것없는 소녀의 심술에 의해서 이 거리의 온갖 차량이 땅에 붙어버리기라도 했다는 듯이. 그러나 안내양은 탄하지 않고 시들하게 말했다.

"아마 마라톤이 끝날 때까진 못 갈려나봐요."

"뭐 마라톤?"

그러니까 저 앞 고대에서 신설동으로 나오는
삼거리쯤에서 교통이 차단된 모양이고
그 삼거리를 마라톤의 선두주자가 달려오리라.

마라톤의 선두주자!
생각만 해도 우울하게 죽어 있던 내 온몸의 세포가
진저리를 치면서 생생하게 살아나는 것 같았다.
나는 그 선두주자를 꼭 보고 싶었다.
아니 꼭 봐야만 했다.

나는 차비를 내고 나서 내려달라고 했다.

안내양이 정류장이 아니기 때문에 안 된다고 했다.
나는 마음이 급한 김에 어느 틈에 안내양에게
시비를 걸고 있었다.

"정류장이 아니기 때문에 못 내려주겠다고?
그럼 정류장도 아닌데 왜 섰니? 응, 왜 섰어?"

"이 아주머니가, 정말—."

안내양은 나를 험상궂게 째려보더니
획 돌아서서 바깥을 내다보며 상대도 안 했다.

그래도 나는 선두로 달려오는 마라토너를 보고 싶다는 갈망을 단념할 수가 없었다.
나는 짐짓 발을 동동 구르며 다시 안내양의 어깨를 쳤다.

"아가씨, 내가 화장실이 급해서 그러니 잠깐만 문을 열어줘요, 응?"

"아주머니도 진작 그러시지, 신경질 먼저 부리면 어떡해요."

안내양은 마음씨 좋은 여자였다. 문을 빠끔히 열고 먼저 자기 고개를 내밀어 이쪽저쪽을 휘휘 살피더니 재빨리 내 등을 길바닥으로 떠다밀어주었다.

# 1등 주자를 기다리는 마음

나는 치마를 펄럭이며 삼거리 쪽으로 달렸다.
삼거리엔 인파가 겹겹이 진을 치고 있으리라.
그 인파는 저만치서 그 모습을 드러낸
선두주자를 향해 폭죽 같은 환호를 터뜨리리라.

아아, 신나라. 오늘 나는 얼마나 재수가 좋은가.
오랫동안 가두었던 환호를 터뜨릴 수 있으니.
군중의 환호,
자기 개인적인 이해관계와 전혀 상관없는 환호,
그 자체의 파열인 군중의 환호에 귀청을 떨 수 있으니.

잘하면 나는 겹겹의 군중을 뚫고
그 맨 앞으로 나설 수도 있으리라.
그러면 제일 큰 환성을 지르고 제일 큰 박수를 쳐야지.

나는 삼거리 쪽으로 달음질치며
나의 내부에서 거대한 환호가 삼거리까지 갈 동안을
미처 못 참고 웅성웅성 아우성을 치고 있는 것처럼
느꼈다.

그러나 숨을 헐떡이며 당도한 삼거리에
군중은 없었다.

할 일이 없어 여기 이렇게 빈둥거리고 있을 뿐이라는 듯
곧 하품이라도 할 것 같은 남자가 여남은 명
그리고 장난꾸러기 아녀석들이 대여섯 명
몰려 있을 뿐이었고 아무데서고 마라토너가
나타나기 직전의 흥분은 엿뵈지 않았다.

그러나 여전히 호루라기를 입에 문 순경은
차량의 통행을 금하고 있었다.
세 갈래 길에서 밀리고 밀린 채 기다리다 지친 차량들이
짜증스러운 듯이 부릉부릉 이상한 소리를 내며
바퀴를 조금씩 들먹이는 게 곧 삼거리의 중심을 향해
맹렬히 돌진할 것처럼 보이고
그럴 때마다 순경은 날카롭게 호루라기를 불어댔다.

그때 나는 내가 전혀 예기치 않던 방향에서 쏟아지는
환호 소리를 들었다.
그것은 내 뒤쪽 조그만 라디오 방 스피커에서 나는
환호 소리였다.

선두주자가 드디어 결승점 전방 10미터, 5미터, 4미터, 3미터, 골인! 하는 아나운서의 숨 막히는 소리가 들리고 군중의 우레와 같은 환호성이 들렸다.

비로소 1등을 한 마라토너는 이미 이 삼거리를
지난 지가 오래라는 걸 알 수 있었다.
이 삼거리에서 골인 지점까지는 몇 킬로나 되는지
자세히는 몰라도 상당한 거리다.

그런데도 아직까지 통행이 금지된 걸 보면
후속 주자들이 남은 모양이다. 꼴찌에 가까운 주자들이.

그러자 나는 고만 맥이 빠졌다.
나는 영광의 승리자의 얼굴을 보고 싶었던 것이지
비참한 꼴찌의 얼굴을 보고 싶었던 건 아니었다.

또 차들이 부르릉대며 들먹이기 시작했다.
차들도 기다리기가 지루해서 짜증을 내고 있었다.

다시 날카로운 호루라기 소리가 들리고 저만치서
푸른 유니폼을 입은 마라토너가 나타났다.

삼거리를 지켜보고 있던 여남은 명의 구경꾼조차
라디오 방으로 몰려
우승자의 골인 광경, 세운 기록 등에 귀를 기울이느라
아무도 그에게 관심을 갖지 않았다.

나도 무감동하게 푸른 유니폼이 가까이 오는 것을
바라보면서 저 사람은 몇 등쯤일까, 20등? 30등?
저 사람이 세운 기록도 누가 자세히 기록이나 해줄까?

대강 이런 생각을 했다.

그리고 그 20등, 아니면 30등의 선수가 조금쯤 우습고, 조금쯤 불쌍하다고 생각했다.

푸른 마라토너는 점점 더 나와 가까워졌다. 드디어 나는 그의 표정을 볼 수 있었다.

## 꼴찌 주자의 위대성

나는 그런 표정을 생전 처음 보는 것처럼 느꼈다.
여지껏 그렇게 정직하게 고통스러운 얼굴을,
그렇게 정직하게 고독한 얼굴을 본 적이 없다.
가슴이 뭉클하더니 심하게 두근거렸다.

그는 20등, 30등을 초월해서 위대해 보였다.
지금 모든 환호와 영광은 우승자에게 있고
그는 환호 없이 달릴 수 있기에 위대해 보였다.

나는 그를 위해 뭔가 하지 않으면 안 된다고 생각했다.

왜냐하면 내가 좀 전에

그의 20등, 30등을 우습고 불쌍하다고 생각했던 것처럼

그도 자기의 20등, 30등을 우습고 불쌍하다고 생각하면서

옜다 모르겠다 하고 그 자리에 주저앉아버리면 어쩌나

그래서 내가 그걸 보게 되면 어쩌나 싶어서였다.

어떡하든 그가 그의 20등, 30등을 우습고 불쌍하다고
느끼지 말아야지
느끼기만 하면 그는 당장 주저앉게 돼 있었다.
그는 지금 그가 괴롭고 고독하지만
위대하다는 걸 알아야 했다.

나는 용감하게 인도에서 차도로 뛰어내리며
그를 향해 열렬한 박수를 보내며 환성을 질렀다.

나는 그가 주저앉는 걸 보면 안 되었다.

나는 그가 주저앉는 걸 봄으로써
내가 주저앉고 말 듯한 어떤 미신적인 연대감마저 느끼며
실로 열렬하고도 우렁찬 환영을 했다.

내 고독한 환호에

딴 사람들도 합세를 해주었다.

푸른 마라토너 뒤에도

또 그뒤에도 주자는 잇달았다.

꼴찌 주자까지를 그렇게 열렬하게 성원하고 나니
손바닥이 붉게 부풀어올라 있었다.

그러나 뜻밖의 장소에서 환호하고픈
오랜 갈망을 마음껏 풀 수 있었던 내 몸은
날듯이 가벼웠다.

그전까지만 해도 나는 마라톤이란 매력 없는
우직한 스포츠라고밖에 생각 안 했었다.

그러나 앞으론 그것을 좀 더 좋아하게 될 것 같다.
그것이 조금도 속임수가 용납 안 되는
정직한 운동이기 때문에.

또 끝까지 달려서 골인한 꼴찌 주자도
좋아하게 될 것 같다.
그 무서운 고통과 고독을 이긴 의지력 때문에.

나는 아직 그 무서운 고통과 고독의 참뜻을
알고 있지 못하다.

왜 그들이 그들의 체력으로 할 수 있는
하고많은 일들 중에서
그 일을 택했을까 의아스럽기까지 하다.

그러나 그날 내가 20등, 30등에서 꼴찌 주자에게까지
보낸 열심스러운 박수갈채는

몇 년 전 박신자 선수한테 보낸 환호만큼이나
신나는 것이었고, 더 깊이 감동스러운 것이었고,
더 육친애적인 것이었고,
전혀 새로운 희열을 동반한 것이었다.